김수자 시집
담쟁이가 보이는 방

이 도서의 국립중앙도서관 출판예정도서목록(CIP)은 서지정보유통지원시스템
홈페이지(http://seoji.nl.go.kr)와 국가자료종합목록 구축시스템(http://kolis-
net.nl.go.kr)에서 이용하실 수 있습니다.
(CIP제어번호 : CIP2019026422)

김수자 시집

담쟁이가
보이는 방

한누리미디어

　지난 2009년 첫시집《아지매 모셔 춤추다》를 출간한 지
10년, 두 번째 시집《구다라의 향기》를 내놓은 지 5년이 지
났습니다. 그동안 틈틈이 용인향교 문학반을 들락이며 쓰
여진 시편들이 여기저기 흩어져 있어 마음이 편치 않았습
니다.

　더욱이 두 번째 시집《구다라의 향기》는 우리의 백제문
화가 일본에 끼친 발자취 위주로 쓴 시였던 반면, 이번 시
집은 우리의 순수 서정시를 모으는 작업이라 엮는 동안 마
음이 설레였습니다.

　이제는 개인적으로도 생업의 일손을 내려놓고 초심으로
돌아가 작은 풀꽃 하나에도 관심을 갖는 목소리 낮은 시를
쓰려 합니다.

　그동안 지켜보시며 격려해 주시는 김태호 선생님과 홍

윤기 박사님께 깊은 감사를 올리며, 언제나 따뜻한 응원을 주시는 용인향교 전교님을 비롯한 관계자와 문학반 회원님들께도 감사드립니다.

그리고 언제나 말없는 지원군을 자처하는 저의 가족들에게 고마움을 전합니다.

감사합니다.

2019년 초여름

孝松 김수자 謹識

| 헌정사 |

"어머니 이젠 내려놓으세요."

권 욱 현
(김수자 시인의 장남)

정이월 꽃샘바람 볍씨 고르고
깊은 산속 황토흙 바소쿠리 져내려
고운 체에 받쳐 묘판 만들어
덮어주고 열어주며 키워낸 못자리

순한 얼굴 웃음 가득한 만순아범
성산자락 징검다리 건너
서너 마지기 논밭 가꾸니
산꿩 날아들어 둥지 틀고

풀밭 뛰어노는 산토끼
줄무늬 다람쥐

어디서 주웠는지
밤 한 톨 까먹네

논배미 웅덩이엔
황소개구리 알을 낳아
큰 눈 멀뚱멀뚱 알을 지키는데
만순아범 허리펴 하늘 보며
"어허 올해는 풍년일 게야"

– 김수자 시인의 첫 번째 시집,《아지매 모셔 춤추다》에 수록된 〈동백골〉 전문

서울에서 태어나 지금은 용인시 동백지구 아파트 단지로 변한 동백골로 이사온 것은 6살 때쯤으로 기억한다.

아버지가 다니시던 건설회사(대신토건)가 자재 창고를 동백골 어정에 만들면서 아버지가 관리인으로 오신 것이다. 왜 그런 결정이 났는지는 모르겠으나 아마도 아버지가 건강이 좋지 않아서 자원하신 것 같다.

자재 창고 한 켠에 아궁이 하나, 방 하나인 집으로 이사왔을 때 전기조차 들어오지 않았다고 한다. 지금은 기억이 어렴풋한데, 방안의 전등에 자동차 배터리를 연결해서 썼던 것 같다. 난방은 나무를 주워다가 아궁이에 불을 지펴야 했고, 계란 프라이를 하나 하려면 숯에 불을 피워서 하곤 했다.

숯에 불을 붙이기 위한 작은 선풍기 같은 것이 있었는데, 손잡이를 잡고 힘껏 돌리면 앞부분 주둥이로 바람이 나와

숯에 불이 붙도록 산소를 불어 넣어 주는 도구였다. 그래서 그 손잡이를 잡아 돌리는 것은 언제나 내 몫이었고 매우 재미있던 기억으로 남아 있다.

서울에 살다가 갑자기 전기조차 들어오지 않는 시골 오지로 오게 된 부모님들은 어떠실지 모르겠으나, 어린 나에게는 모든 것이 재미있는 천국이었다. 자재창고 야적장의 넓은 공간은 야구장, 축구장이 되었으며, 건설자재들은 숨바꼭질하기 최적의 은신처가 되어 주었다. 그리고 창고를 지키라고 본사에서 보낸 셰퍼드와 진돗개는 나의 가장 친한 친구들이자 보호자였다.

그런 동백골에 아직도 부모님과 내가 살고 있다.

40년이 넘게 같은 고장에서 살았다는 것은 어디를 가든 예전 추억을 떠올리는 장소와 물건 그리고 사람들이 있게 마련이다. 확실하진 않으나 위의 시 〈동백골〉에 등장하는 '만순아범'은 자재창고 위에 살던 산지기 아들로 기억한다. 산지기가 지키는 산과 자재창고 간의 땅 경계선 문제로 몇 번이나 큰 싸움이 나고 측량을 몇 번이나 다시 했던 사이였다.

그러나 산주인과 건설회사를 빼고 나면 둘 사이는 각별한 사이였다. 어머니가 만드신 음식을 그 집에 가져다주곤 했고, 그때마다 그 집 할아버지는 유난히 나를 예뻐 하셨다.

어렵게 남의 논을 빌려 소작하던 그들에게 '동백골'은

낭만적이지는 않았을 것이다. 그러나 이 모든 것들이 사라지고 지금은 잘 정비된 아파트와 도로로 바뀌어 버린 '동백골' 은 어머니에게는 물론이고 나에게도 좋은 추억이 많은 장소이다.

형편이 넉넉하지 못했지만 언제나 어머니는 책을 사 모으셨고, 외할아버지, 외할머니가 시를 낭독하시고 가곡을 부르셨다는 한때는 행복했던 시절을 말씀하시곤 했다. 어린 시절부터 시를 좋아하시고 노래 부르기를 좋아했던 문학소녀는 전쟁의 소용돌이 속에서 살아남는 것이 우선인 억척의 여성으로 변하였던 것이다.

어린 시절 어머니에 대한 기억은 문학소녀와 억척, 깡다구로 꽉 찬 이미지로 기억된다. 지금 그 당시 어머니의 나이, 사십대 중반이 되어서야 그 상황이 얼마나 끔찍한 것인지 깨달았다. 천성적으로 아름다운 것을 좋아하는 사람이 살아남기 위해 독을 품고 산다는 것이 얼마나 끔찍한 모습인지….

하지만 책을 읽으시고 시를 좋아하시는 어머니 덕분에 그 당시 어머니 나이가 훌쩍 넘어버린 이 아들도 책을 읽고 시를 감상하는 것을 좋아한다. 어머니 시집을 읽고 있으면 어렴풋이 십대 시절의 어머니를 만날 수 있고, 지금 10대를 지나고 있는 내 딸들과 이미지가 겹쳐진다. 이게 'circle of life' 일지도….

"어머니 이젠 내려놓으세요."

10년 전부터 드린 말씀이나 어찌 그것이 쉽게 될 수가 있단 말인가.

세 번째 시집을 쓰시면서 드디어 내려놓기 시작하신 것 같다.

　　"이제 삶의 터전을 떠나
　　아기로 돌아가려 합니다.
　　예전엔 보지 못한
　　작은 풀꽃들과 이야기하려고 합니다."

이젠 아기로 돌아가시는 어머니의 세 번째 시집을 가슴 벅차게 맞이해 본다.

　　　　　　　　　2019. 06. 21.

　　　　　　　　　　　　　　　큰아들

차례

제 1 부

그릇 닦기

차례

그리움 한 자락

차례

제 1 부

그릇 닦기

그릇 닦기

때 묻고 찌든 그릇을 닦는다
날마다 조금씩 싹싹 닦는다

오늘은 분노의 때를 닦고
어제는 미움의 때를 닦고
내일은 욕심의 때를 닦아야지

이렇게 날마다 묵은 때를 닦아내면
마음 속 도사린 때들이 다 벗겨지겠지

오늘도 내 마음 한 구석 자리잡은 때
그릇 때를 닦듯이 싹싹 힘주어 닦는다

모과차를 마시며

나비가 묻혀 온 꽃가루
꽃잎 속에 품어
매서운 꽃샘추위 이기며
따가운 햇볕 삭히고
파란 하늘 밑 향기로 영글어
뜨겁게 받쳐지는 모과차
투박한 찻잔 속에서
안개처럼 피어오른다
창밖에 눈이라도 내리면
너의 향기는 방안을 맴돌며
샛노란 그리움으로 피어난다

시멘트를 바르지 마라

작은 풀씨 하나도 소중히 품는 자연
싹 틔우고 꽃 피우며 열매 맺는 나무들
나무 아래 쓸쓸히 떨어진 낙엽조차도
쓸어안아 잠재우는 대지의 사랑

"내 몸에 단단한 시멘트를 바르지 마라"

맑은 옹달샘, 목마름을 가시게 하고
작은 벌레들 집 짓고 알 낳는 터전
키 큰 나무엔 새들이 깃들어 노래하고
흐르는 실개천도 드넓은 바다로 가는데

"이 장엄한 신비의 자연을 깨뜨리지 마라"

시멘트 아래서 숨막혀 죽어가는
생명들의 몸부림을 그대들은 아는가
내 위에 함부로 시멘트를 바르지 마라

가을밤

이 밤 어찌해
잠 못 이루는가

초록의 풍성함이
못내 아쉬운가

한여름 천둥 번개에도
끝내 매달리던 잎새

바알간 촛불 사루어
흙으로 돌아가는 기도

아린 가슴 서러운 노래
메아리로 흩어지네

긴 밤, 그리움은 이슬에 젖는데

잠결에

영영
못 오실 줄 알았는데

서늘한 바람 안고
잠결에 오셨나요

시원한 바람 들쳐 업고
나풀나풀 나비처럼
창을 넘어 오셨나요

8월의 한밤중에
샘물 같은 가을바람
베개 맡을 감도네요

잠 못 드는 여름밤
무더위 쫓아내시고
꿈결인 듯 다가온 그대

가시 돋친 밤송이
후드득 털어내고

지름길로 오세요

폭염에 지새는 밤
휘이휘이 담을 넘는
소슬한 가을바람

어떤 꽃이

향교 뜨락 작은 꽃밭에는
정겨운 꽃들이 많이 핀다
키 낮은 귀여운 채송화
손톱에 물들이는 봉선화
닭벼슬 닮은 맨드라미
맵시 단정한 옥잠화
조롱조롱 족도리 금낭화
언니가 좋아하는 도라지꽃
나이 어린 백일홍까지
저마다 뽐내며 모여 산다
언제 왔는지 엉겅퀴 꽃씨도
날아와 예쁜 꽃을 피우고
절로 어우러지는 꽃밭이다
내일은 또 어떤 꽃이 날아와
향기로운 꽃밭을 장식하려나
궁금한 벌 나비 떠날 줄을 모른다

신바람 음악회

– 가곡 '꽃바람'을 들으며

나풀나풀 나비가
꽃밭에서 춤을 추고

종달새 하늘 높이
소프라노 노래하네

용수골 맑은 물에
조약돌 굴리는 소리

깃털 하얀 학이
너훌너훌 춤을 춘다

예쁜 꽃들과 날으는 새들
흐르는 시냇물이 어우러져

높고 맑은 목소리로
신명나게 노래한다

귀에도 장단맞춤
꽃바람 소리 흐르네

그 여자의 가슴 속

여자의 가슴 속에는
반짝이는 보석이 있다
수만 번 갈고 닦은 보석
여자의 가슴 속에는
알 수 없는 불길이 있다
태워도 태워도 못 다한 애증
그 가슴 속에는 천 길 낭떠러지가 있다
번뇌와 희망
지옥과 천당이 교차한다
여자의 가슴 속에는
맑은 샘이 있다
목마른 갈증 채우고
힘들어 지친 이들 쉬게 한다
여자의 가슴 속에는 사랑이 있다
상처난 아픔 보듬어주는
저~ 미련한 사랑

한 줄의 꿈

끊어진 한 줄
아직 다섯 줄이 남았네
한 번 튕겨 보니
노래를 하네

끊어진 줄은
베토벤바이러스를 먹고
녹슨 소리
쉰 소리
째지는 소리

그래도 한 줄만은
부드러운 베이스음
먼지 털던 손으로
지휘를 하며
꿈을 부르네

담쟁이가 보이는 방

슬픔에 젖어 고개 떨구는 날엔
작은 꽃이 자라는 화분을 산다
새로 심은 작은 꽃에 희망을 걸고

머리가 아픈 날엔 책을 고른다
책 속에 명약이 있다는 말 믿어
등잔불 밝혀 책을 읽는다

진정, 바람 불고 외로운 날엔
혼자서 진흙으로 도자기를 빚어
슬픔과 아픔, 외로움을 모두 담는다

그녀의 방 창 너머엔 오늘도
담쟁이 넝쿨이 벽을 오르고 있다
아직도 이루지 못한 꿈, 꿈을 향해

그날의 만남

- 투병중인 단인서 시인을 만나

흰 구름 속에서
잠깐 나온 햇님인가

환한 얼굴 마주보며
빨간 베고니아꽃들이
좋아라 웃는다

햇님과 꽃들이
숨바꼭질하고 있나 봐

구름 속에 숨었다
다시 나와 웃음 짓는 햇님

나도 끼워 주세요
따라 웃는 사모님의 모습

참깨사랑

봄볕 따라 여린 이파리
가냘픈 꽃잎 피웠더니
어느새 한여름 뙤약볕에
작은 알갱이 여물어
고소한 향기를 품었었네

모를진저
범종(梵鐘)은 소리로
불음(佛音)을 전한다는데
너 또한, 향기로
웃음을 주는구나

깻묵까지도 다 내어주고
네 안에 있는 고소한 사랑
오직, 향 짙은 사랑만을 남겼으니

천 년의 햇살

쏟아지는 천 년의 햇살
붉은 입술 영혼의 노래
산 빛 푸르러 아름다워라
역사학 들판 창을 열어
이리저리 뛰어다니며 들꽃가지 꺾어 모아
청자에 꽂으니 향기 더욱 진하구나
우뚝 솟아오른 지혜의 나무들
숲속 아기사슴도 한가로이 노니네
일본의 왜곡된 역사를 바로잡는 고된 학문
눈길 주는 이 없어도
외롭게 쌓아올린 학문의 산
이제는 드넓은 지혜의 뜰이 되어
그 품에 산토끼 고라니 사슴들 뛰어놀며
향기로운 풀잎 따 먹는다네
이젠 큰 산 되어 우거진 나무와 숲을
샘물 맑게 흐르니 산새들도 집을 짓고
부리 긴 학도 둥지를 트네
머지않아 큰 짐승들도 예 와서 살겠네

복(福) 짓는 할머니

이른 새벽 옷매무새도 단정히
하루를 여시는 할머니
하얀 쌀에 티라도 들어갈세라
정성스레 쌀 씻어 밥을 안치네

이 밥을 먹는 사람들 모두가
건강하시길 두 손 모아 빌며
모락모락 김나는 솥뚜껑 열어
소복소복 주발에 밥을 담는다

조물조물 시래기나물 무치고
새콤달콤 도라지나물 곁들여
차려낸 밥상 앞에 다가앉는 손님들
흐뭇한 마음으로 수저를 든다

'할머니 멸치무침 조금만 싸주세요
남편이 먹고 싶대요. 이 댁 음식 먹으며
건강을 회복중이랍니다'
사뭇 멋쩍어하는 손님 말에
기쁜 마음 하늘이라도 날 것 같네

어떤 때는 국 좀 포장해 주세요
울먹이며 청하는 아주머니
그새 밝아진 얼굴 보니
남편 병환이 나아졌나 보다
할머니의 얼굴에도 눈물이 핑 도네

혹시라도 음식을 남기시면
무엇이 잘못 되기라도 하였나
'음식이란 좋은 맘 정성이 제일이야'
예전 할머님 말씀 떠올리며 오늘도
정성스레 기도하며 밥 짓는 할머니
복 짓는 밥바라지에 여념이 없네

경인년, 새 아침

올해는 털이 하얀
흰 호랑이 해
백두대간 든든한 뼈대
대륙 향해 포효하는
우렁찬 기상
한겨울에도 두툼한 털옷
외투 입어 멋스럽고
혹한에도 움츠리지 않는
의연한 자태 든든하구나
이 땅에 태어난 그대들
백두에서 한라까지
시련아 멀리 가거라
우리에겐 굽히지 않는
드높은 기상이 있다
경인년 호랑이해
힘찬 발걸음 내딛자

나비가족

미국 버클리대학 부근
알바니 빌리지
파란 잔디 위에
나비들의 춤이 시작됐네
첫째나비, 핑크빛 드레스의
우아한 나랫짓
둘째나비, 보랏빛 드레스의
힘찬 나랫짓
셋째나비, 앙징스런 귀여운 춤
나풀나풀 춤추다
작은 꽃잎에 입맞춤하네
파란 하늘의 흰 구름은
요트처럼 흘러가고
풀잎에 반짝이는 해님도
나비 따라 나풀나풀
엄마 나비
아빠 나비
바람도 살랑살랑
빌리지 나비가족
사랑 가득
행복 가득

제 2 부

담쟁이 넝쿨

바구니 사뿐 들고

봄이 오네
봄이 오시네

연둣빛 치마 입고
진달래꽃님은 어디쯤 오셨을까
양지쪽 목련은 구름처럼 피었던데
벚꽃 나무는 이제 눈을 틔우니
바구니 사뿐 들고 봄맞이 가야겠네

민들레 노랑꽃 해맑게 방긋
꽃다지 냉이꽃도 봄바람에 살랑살랑
씀바귀 쇠스랑나물도 노랑꽃 피웠을까
바구니 사뿐 들고 봄맞이 가야겠네

나도야
노랑꽃 분홍꽃 머리에 꽂고
풀밭에 사뿐 앉으면
봄 나비가 되려나
바구니 사뿐 들고
봄맞이 가야겠네

복사꽃

연둣빛 봄 오는 소리
설레는 꽃가지에
발그레 물든 뺨
부끄러워 고개 숙인 채
봄 오신 줄도 몰랐네

봄비 속삭이며
보라 가지 끝
동글동글 맺힌 열매
봄이 심고 간
또렷한 목소리

유월 찔레

노래하는 새들에게
손짓하지만
하얗게 질린 얼굴
바라만 보네

진한 꽃향기에
벌나비 찾아오지만
따가운 가시가
길을 막네

유월 역사는
아픔의 가시
하얀 웃음 활짝 피는 날
새들은 찾아와
즐거운 노래 부르리

연꽃

우아한 곧은 자태구나
흙탕물 속에서도
뽀송하게 피어나는 미소
이슬방울 튕기는
곱디고운 백제 여인 닮았느냐
긴긴 역사 흐르는 동안
진흙 속에 깊숙이 뿌리 내리고
줄기찬 장대비 맞고도
살포시 가슴 부풀리는
분홍 꽃잎은
두 손 합장한 여인의 자태

단풍

나를 어여삐 여겨요
그대 책갈피 속에
고이 잠재웠다가
따스한 입맞춤할 때
온몸 떨며 뜨거운
사랑 받을래요
하얀 눈 내리는 밤
빨간 얼굴로
그대 한숨받이
잠 못 이루는 밤
책갈피 속에 내가 있어
그대 그리움 노래하겠죠
내가 싫어져 길가에 버려도
행복했던 순간들 기억할래요
찬바람에 날려도
따스했던 날들 노래할래요

바다와 일출

오동도 동백꽃
파도쳐 삼키더니
밤새 몸 틀어
새빨간 핏덩이 토해내고
파란 얼굴 사르르 밀려와
모래톱에 눕는다

바람이 씻긴 말간 얼굴
환한 웃음으로 높이 떠
따스한 눈빛 보내면
바다는 즐거워
철썩철썩 춤을 추네

산고의 고통은 잊어버린 채

연시(軟枾)

한 광주리 연시
어머님이 웃고 계시네
밥은 먹었느냐
몸은 성하냐
아이들은 잘 크느냐

생전에 좋아하시던 감
어머님 대한 듯 반갑다
한 봉지 사들고 걸어가며
어머니와 속삭이는 이야기들

가을 이맘때면 환히 웃으시며
연시를 맛있게 잡수시던 어머니
자식걱정에 맘 편한 날 없으시더니

어머니
이젠 편히 쉬세요
올해는 감이 풍년이에요
산소 앞에 넙죽 절하는
아들의 등 너머로
노을이 붉게 타고 있었다

담쟁이 넝쿨

나는 올라가야 한다
내 앞에는 높은 담벼락뿐,
두 손을 놓으면 곤두박질쳐
허리가 부러진다
손톱을 곧추세워
담벼락을 꽉 잡아야 한다

한여름 뙤약볕에
비 오듯 흐르는 땀방울도
손으로 닦을 수 없다
"그래" 오르자
높은 담벼락 타고
꼭대기 오르면
두 팔 벌려 춤추어도 좋아
그곳엔 금빛 종탑이 있다
세계에 우뚝 선
김연아의 우아한 몸짓
승자의 환한 웃음도 있다

숲속의 젖줄

잃어버린 고향
어머니 품속 그리워
숨 막히는 도심 떠나
숲으로 간다
싸한 숲속 나무들의 향기가
답답한 가슴을 시원하게 적신다
산자락 넘어오는 붉은 해
하늘 향한 푸른 잎들은
저마다 태양의 빛을 빨아들이고
빛바랜 고향 등에 업고
목말라 목이 말라
애타는 사람들 향해
마르지 않는 젖꼭지 내어준다
어머님 품속처럼 따스한
숲속의 젖줄을

도토리나무

우수수 도토리 나뭇잎
자식 자랑 털어내고
홀가분한 나뭇가지
바람 장단에 빙글빙글

보라, 도토리
절로 여문 게 아니여
천둥번개에 놀라고
휘몰아친 태풍에
억세게 버티며

한여름 땡볕에
축 늘어진 가지
쑤시고 아픈 몸살도 이겨내고

가슴엔
초승달 몇 날이 들어서
동글동글 맴돌던 가지
한해살이 나이테 두르며
갈바람 한 자리 여문
우수수 도토리나무

복수초

뾰족한 속잎이
쏘옥 나왔네요

아직도 추운데
왜 벌써 나왔니

하얀 눈 속에
겨울 지낸 복수초

노란 꽃 뽐내며
환히 웃고 있네요

트럼펫 엔젤에게

– 천사의 나팔꽃

아침 햇살 받으며 졸졸 흐르는 개울물
한 해가 저물어간다
배실배실 말라가던 트럼펫 엔젤
일곱 송이가 진한 향기 풍기며
올해로 마지막 꽃을 터트렸다
노란 나팔 일곱 개 팡파르를 울려라
한 해 이별의 잔치를 하자꾸나
벚꽃나무 잎새도 울긋불긋 치마를 입고
찬서리에 국화도 고개 들어 활짝 웃는다
개복숭아 잎새 삐죽이 턱 내밀고
하얀 머리칼 날리는 멋쟁이 갈대도
어깨 흔들며 우아하게 걸어온다
천사의 나팔소리 드높이 울려라
다 함께 춤을 추자꾸나
밤하늘 달님 별님도 불을 밝히고
모두가 떠나간 자리 그리워하겠지
자, 우리 모두 다시 만날 그날을 위해
축배를 들자꾸나, 인사를 하자꾸나

천리포 수목원

길게 늘어뜨린 진홍빛 꽃잎이
봄바람에 나풀거리네
키 큰 나무엔 별같이
하얀 꽃이 소복하게 내려앉았다

연보라 분홍에 노란 꽃가지
듣도 보도 못한 온갖 목련꽃이
작은 동산에 벙그러지고 있다

충남 태안 천리포 수목원은
숨은 꽃들의 천국

꽃망울 솜털 보송보송한
갈색 껍질에 감싸인 채
빠끔히 원색 꽃빛을 내비치는 건
그지없는 사랑스러움이다

나비가 허물 벗듯
찬란한 꽃잎 펼치며
세상으로 나서는
벅찬 경이로움이다

포인세티아

- 포인세티아 화분을 받고

흰 눈이 펑펑 쏟아지는 날
가슴 저려오는 그리움에 동구 밖 바라본다
붉게 타오르는 마음으로 보내온 포인세티아
울컥 쏟아지는 눈물
온몸에 전율이 흐른다
살아온 시간 관절에 통증이 살아나도
너희들 가슴에 안는 날 기다리는
지친 마음에 불붙여
나의 심장은 뜨겁게 뛰고
제 몸 태우는 촛불이 되어
두 손 모아 너희들의 안녕을 빈다
눈앞에 아른거리는 초롱한 눈망울들
까르르 웃는 모습
하얀 눈 위에 꽃으로 피어난다
붉게 타오르는 마음 담아
축복합니다
메리 크리스마스

쌍계사 벚꽃

겨우내 추위에 떨었다
잔뜩 웅크린 어깨
굳은 살 찢어낸
꽃눈마다 봉오리
툭 터지다

터널을 이룬 만개한 벚꽃
그날의 함성인 듯
아 할 말을 잃었다

이렇게 한 번에 터진 건
오래 참았던 그리움
봄볕이 터쳐 버린 것

사월에 젊은 혼령들이
꽃잎 속에
환하게 웃어준다

흐드러지게 핀 벚꽃
짧은 생

끝내 울음으로
꽃비로 흩뿌린다

고운 임 오시네

살랑살랑 봄바람
따스한 입맞춤에
긴 잠 깨어난 산수유
샛노란 꽃 피워
임 맞을 채비를 하네

산골짝 옹달샘
봄볕에 앉아
개구리 선잠 깨우고
기지개 켜는 송사리
지느러미를 흔드네

파릇파릇 돋아난
연둣빛 잎새
물 오른 꽃봉오리
고운 임 오시는 길
두 손 모아 맞으시네

제3부

그리움 한 자락

사랑의 촛불

나에게 불을 붙여주세요
온몸 태워 그대 바람
하늘에 올릴게요
아직도 눈꺼풀 가려
빛을 볼 수 없는 형제들

심장에 꽂히는 큐피트의 화살
그대 가슴 뜨거워지면
제 몸 태워 방울방울
떨어지는 눈물인 것을

나에게 불을 붙여 주세요
사랑의 작은 불씨
싸늘하게 식어 버린 그대 가슴
따뜻한 사랑으로 피어나게요
오롯이 하나 되는 사랑

어디 있나요

망초꽃 향기 속에
숨어 있나요
뜰 안에 핀 작은 채송화
고운 꽃 속에 있나요

한 번도 본 적 없는 이여
어디 있나요
바늘잎 소나무
햇볕 받아 반짝일 때
소곤거리는 소리 듣고 있나요

나는 쪼그리고 앉아
투명한 꽃잎 속에서
당신을 찾습니다

아장아장 웃는 아기
해맑은 웃음 속에 있나요
첫아기 바라보는
젊은 눈빛 속에 있나요

어디 있나요

나의 벗님

마음 속 깊은 곳에 고인 샘물
휘영청 달 밝은 밤에
마중물로 퍼 올려
초가지붕 하얗게 핀
박꽃에게나 속살거려 볼까
어느 봄날
흐드러진 벚꽃 그늘 아래
하얀 밤 지새우며
이야기하던 벗
올해도 봄은 오고
벚꽃이 피는데
나의 벗
이 밤 옛 생각하려나
하얀 박꽃 소리 없이 피는데

하얀 소원

사르륵 사르륵 눈 내리는 소리
사무친 그리움도 가져오나요
은은한 성당 종소리도 따라오네요
두 손 모은 간절한 기도
하늘에 닿을까요

아픔은 지워 버리고
웃음만 그렸으면
근심걱정 하얗게 덮어 버리고
행복만 세웠으면
미움은 그리지 마시고
감사한 마음만을

세상사람 모두에게
하얀 맘 고운 맘으로
촛불 하나 그려놓고
소원을 빌었으면

한줌 흙입니다

나를 빚은 이여
뜨거운 가마 속엔
내가 들어간 것이 아닙니다
어느 날 문득 파란 하늘이 고와서
바라보았을 뿐인데
당신께서는
흙을 파 체에 치고 반죽해
수백 번 밟고 두들겨
물레 돌리는 형벌을 주십니까
그도 모자라 끌로 파고
그늘에 말리더니
천삼백 도 가마 속에 넣어 불태우십니까
당신께서는 누구시기에
나를 공들여 빚어 혼을 불어 넣으십니까
사람들은 당신의 솜씨를 귀하다 하지만
난 아무것도 할 수 없습니다
난 한줌 흙이었습니다
한줌 흙일 뿐입니다

임 가시던 날

– 숭례문 화재를 바라보며

역사의 눈비 맞으며
6백 년을 굳건히 홀로 서서
버팀목 되옵더니
철없는 백성들
귀한 뜻 몰라보고
불사르니 어인 일인가

내 살이 타는 듯
아리고 아파라
뉘라서 아니 울고 배겨나리

회한의 통곡 강산 울리고
놀라 깨어 사죄드립니다
부디 미련한 백성 꾸짖어
철들게 하옵시고
꿈결인 듯 다시 태어나
이 나라 지켜주소서

그리움 한 자락

가을 햇살
금빛 들녘 한가득 쏟아지면
돌담 넘어 감나무 잎
불꽃처럼 타오르고

여름내 싱그럽던 잎새
울긋불긋 치장을 하네

하얗게 꽃피웠던 취나물
작은 씨앗 잎새로 덮어주네

강아지풀 조르르 씨앗 떨구고
가는 허리 간들간들 바람에 꺾이네

채웠다 비울 줄 아는
자연의 섭리 앞에
고개 숙이는 풀꽃들이여

보내는 아쉬움 한 자락
내 영혼의 그리움으로
붉게 물들어 가네

풍류 한마당

- 용인 향교 풍류마당을 감상하며

아파트 둘러선 향교 뜨락
풍류선비 크게 숨을 고른다
숨결을 불어 넣자
청명한 대금소리 뜰 안에 감돌고
거문고 가락에 흥겨워
도포자락 휘날리며 춤을 추는데
힘차게 날개를 펴고 접는 모습
한가롭게 노니는 한 마리 학일세
가을바람이 솔향을 실어와
가야금 청아한 선율에
우리 가곡도 한 소리 높이네
판소리 흥부가 한 자락
추임새도 신명나는데
애절한 해금소리는
잎새를 다 떨군
빨간 홍시 위로
높이 나는구나

위스키 한잔

한 조각씩
얼음에 채워졌던 꿈들이 녹아내린다
기쁨이 아픔이 그리움 되어
잔잔한 음악이 흐르는 카페에 앉아
유리잔에 녹아내린 꿈들
한 모금씩 아주 천천히 마시며
빠알갛게 물들어가는 단풍
활활 타 올라라
지난날의 추억들
마지막 열정까지 타올라
한줌 재가 되어라
한잔의 위스키를
얼음이 되어 녹아내린 꿈들을
천천히 음미하며
고희의 가을을 넘는다

신사임당

– 어머니

뛰어난 문장 두루 갖추신 이여
경포호에 둥근 달은
정녕 어머님 얼굴입니다

천년 푸른 소나무
한 마리 학이던가요
비바람에도 꺾이지 않는 대나무

일곱 남매 정성으로 품어 키우시고
부지런 몸소 행하시며
몸과 마음 바로 하라 가르치시네

작은 벌레도 자애로움으로 그린
'초충도' 빼어난 그림
한 땀 한 땀 놓은 자수에도
꽃이 피고 새가 우네

그 비상한 재주 올곧은 성정은
가슴 깊이 새겨야 할
우리들의 자랑
신사임당 어머님

일본에 가시거든

남백제초등학교에 가보세요
아이들의 웃음소리
재잘재잘 말하는 소리 백제 후손들 같아요
일본에 가시거든 백제대교에 가보세요
백제대교라는 철판이 박혀 있고
아직도 강물은 흘러 출렁출렁
백제인들 노랫가락처럼 흘러요
백제역에서 기차를 타면
그 옛날 스이코여왕님이 사시던
왕궁에 닿을까요
백제버스정류장에서 버스를 타고 가면
백제옷 입은 사신들이
줄지어 서서 반겨줄 것 같아요
편지를 적어 백제우편국에서 부치면
스이코여왕님이 받아 보시겠죠

일본 속에 생생하게 살아 숨 쉬는 백제 옛 터전
오사카 한복판에 뚜렷합니다
일본에 가시거든
남백제초등학교에 가보세요

백제대교 백제역에도
두루두루 발길 멈추고 지켜보세요
백제가 지금도 거기 있답니다

포도주 마시며

긴 숨 뿜어 젖 물리는 대지에
뿌리 내리고
여리디 여린 연둣빛 이파리 태어나
손바닥 잎을 달더니
만삭의 보름달 둥실 떠
제 어미 쏙 빼닮은 동그란 얼굴
송알송알 태어나고
한여름 뙤약볕 맺힌 땀
삭히고 삭힌 불면의 밤
피만큼이나 붉은 포도주
목젖 넘어 뜨겁게 불타는
사랑의 노래
타오르는 춤사위
내 혈관 타고 흐르는
푸른 강물이여

서귀포 봄바다

밤새 뒤척이던 파도는
무거운 외투를 벗어 버리고
지천으로 핀 유채꽃물
갈매기 등에 내려앉았네
구름 속 숨었던 해님 환한 얼굴 내밀고
비취색 치맛자락 물길 가르며
사르르 떠가는 작은 고깃배
삼월의 서귀포 앞바다는
곱디고운 색동저고리 갈아입고
옥돔은 솟구쳐 올라
노란 유채꽃 한 잎
물고 가네

선비마을 사과

– 영주시 향교문화 체험길에

선비마을 뒷동산에
동그란 사과 주렁주렁
파란 하늘 바라보며
빨갛게 물들었네

사랑방 선비 글 읽는 소리
소나무 가지마다 초롱초롱
학문의 깊은 향기 그윽한데

사과는 밤새 글 읽는 소리가
하도 기뻐 눈물지었나 보다
붕긋한 얼굴 아침 햇살에
방울방울 이슬이 맺혀 있네

감 이야기

– 광주 월봉서원 다녀와

광주에 있는 월봉서원 마을 어귀
손 닿을 듯 늘어진 감나무 가지에
바알간 감이 주렁주렁 매달렸네

서원(書院)의 야간 행사도 그럭저럭,
내 마음은 감나무에 달린 감 생각뿐,
이튿날 한사코 감을 따고야 말았네

주황색 예쁜 놈으로 한 바구니 따서
방마다 주렁주렁 걸어놓고
날마다 혼자서 황홀한 웃음 짓는다네

이젠 추운 겨울도 걱정 없지
내 방은 겨울도 가을이거든,
나 이제, 꽃보다 감을 사랑하리라

제 4 부

모란꽃 어머니

어머님의 샘

한여름 장대비 쏟아져도
목이 마르고
달디 달던 샘물
어디서 찾아볼까
덕지덕지 때 묻은 옷자락
갈피 뒤져 찾아보는 이 새벽
뚝 어디선가 맑은 물
떨어지는 소리
아―
내 맘 깊은 골짜기엔
아직도 어머님의 숨소리가
방울지어 흐르고 있었네

모란꽃 어머니

– 한택식물원에서

마음 설레며 기다렸습니다
당신의 따뜻한 모습
두 손 모으고 기다렸습니다
아침 이슬 맑은 얼굴
그대 살며시 피어나는 날
난 눈물이 고였습니다
살풋한 웃음을 머금고

긴— 겨울 지나
오늘 난 환하게 웃는
당신의 고운 모습 보며
해맑은 웃음에
모란꽃 치마 입은
엄마의 모습을 보았습니다
눈가에 어린 눈물을 앞세우고

고향집 삽작문

꼬꼬댁 첫닭이 울면
나지막한 토담 울타리
삽작문이 활짝 열린다

쓸어놓은 안마당에는
삽살이와 어미닭 발자국이 찍히고
부엌에선 장작 타는 냄새와
무쇠솥 뚜껑 여닫는 소리 들린다

우물가 할머니 소세(梳洗)를 마치면
오빠랑 언니랑 책가방 메고
삽작문을 나서고 혼자 남은 막둥이
할머니 무릎 베고 응석부린다

저녁이면 다북쑥 베어 모깃불 놓고
마당에 멍석 깔아 식구들 모여 앉아
삶은 감자며 옥수수 내어다가
'앗 뜨거워' 호호 불 때
밤하늘 별들도 쏟아져 내려
멍석 위에 올라앉는다

그제서야 아버지가 일어나
'밤이슬 맞으면 안 돼' 하시며
앞마당 열린 삽작문을 닫으신다

텅 빈 정거장

아빠 손잡고 귀여운 손주가 뛰어온다
꼭 안으니 아직도 젖내가 난다

마당으로 우물가로 뛰어놀던 손주가
'할머니 또 올게요' 하며 가야 한단다

자고 나니 손주가 물장구치던 개울물이 차다
왼종일 처마 끝엔 곶감 몇 줄이 대롱대롱
텅 빈 빨랫줄 보며 할머니 마음도 시들시들

대문을 나선 할머니, 발길을 정거장으로 돌린다
금방이라도 '할머니' 하며 손주가 뛰어올 것만 같다
텅 빈 정거장을 바라보며 할머니 눈에 이슬이 맺힌다

나만의 창

느릿느릿 돌아가는 물레방아
햇살 받아 금빛으로 쏟아지는 물방울들
파란 꿈 띄우며 내달리던 논두렁길에
노랗게 핀 꽃다지꽃
밭갈이하는 누렁소의 요령소리 들으며
아지랑이 봄빛 따라 노닐던 고향

이젠 되돌릴 수 없는 먼 길이지만
문득 일렁이는 그리움이 찾아올 때면
나만의 창을 열어 그 곳을 바라본다
언제나 어머니 품속처럼 아늑한 고향
지금은 키 높은 아파트가 차지한
서곡리 마을

설날 오후

– 맏동서 자리

회오리바람 휘젓듯
우르르 몰려왔다 떠나간 자리
휑한 공간에 혼자 서 있습니다

멀리 있는 자작나무 숲에서
어서 오라 손짓을 하네
어느새 향긋한 내음 엄마품 안겨
해맑게 웃는 아기가 되네

부드러운 바람이 머리를 쓰다듬고
환한 햇살이 토닥토닥 등을 두드리네
청량한 내음, 엄마의 향기가 몸을 감싸고

하얀 앞치마 두른 자작나무는
수액을 퍼올려 엄마의 두레박을 채우고
두레박 끈을 나에게 주었습니다

나는 엄마의 두레박에 얼굴을 묻고
달디 단 수액을 들이키며 마르지 않는
엄마의 사랑에 목이 메었습니다

아가에게

– 할머니의 기도

맑은 물 샘솟는 이른 아침에
하늘에 반짝이는 샛별처럼
태어난 우리 아가

까만 눈동자는 생명을 불어넣는 혼
반짝이는 눈빛이 사랑을 말해 주네

마르지 않는 샘, 시들지 않는
꽃처럼 웃음을 주는 우리 아가

날마다 봄이거라, 꽃피는 봄이거라
옹알옹알 노래하며 봄바람을 일으키며

보고 싶은 손녀

– 멀리 있는 손녀 생각

까르르 웃는 해맑은 모습
바람에 솔가지가 흔들리네

네가 앉았던 공원 벤치엔
꽃처럼 다가오는 얼굴이 있네

손잡고 거닐던 발자국마다
다북다북 봄볕이 쏟아지는데
한 발작도 움직일 수 없구나

아가야, 네 얼굴 지워질까
할머닌 오늘도 마르지 않는
그리움의 샘물만 마시는구나

하얀 눈꽃

한 계절을 사랑한
하얀 눈꽃
송이송이 피워낸
뜨거운 사랑
못 다한 그리움으로

잔잔한 웃음
포근하게
내 마음밭에 새긴 이름

네가 녹아내리면
그리움의 흔적
지우지 못해
내 가슴밭에 머무는
한 곡조 노래로 남겠네

육이오가 낸 상처 지금도 아프다

성 안드레아병원엔
마음 여린 사람이 입원해 있다
아홉 살 적 육이오 때
폭격을 맞아 큰집이 불타는 것을 보고
배가 고파 중공군 시체를 뒤진 미숫가루로
허리 굽은 엄마와 동생들에게 먹였다

아군도 적군도 살피지 못해
총에 맞고 쓰러지는 사람들
아홉 살 소년은 무서움에 보리밭에 숨고
밤이 이슥해서야 집으로 돌아왔다
차디찬 보리밥 한 덩이를 숨겼다
주인집 장조카에게 먹이기도 하였다

이렇게 아픈 두려움을 가슴에 안고
굶주림에 떨던 소년은 어른이 된 뒤에도
그 슬픈 기억을 떨치지 못하고
밤마다 무서운 꿈속을 헤매며
병원까지 드나드는 처지가 되었다

지금도 우리 곁엔 육이오의 상처로
고통 받는 사람들이 숨죽이며 살고 있다
들리지 않는 신음소리를 내고 있다

된장

인스턴트 식품이
간편하다는 미명 아래
달콤한 맛, 유혹에
온몸을 독소로 가득 채운다
토악질이 난다
아니 숨을 쉴 수가 없다
누구의 잘못인가
고향을 잊었는가
구수한 된장 맛을
잉태의 흙을 외면했구나
속죄하는 맘으로
돌아가자 너의 따뜻한 품안
청량한 숲속으로 생명의 샘으로

진짓상

팔팔 뛰는 새우
소금에 버무려
세월에 삭히는데
육젓 맛이 나질 않네

어느 세월 더 곰삭혀야
깊은 맛 들어
진짓상에 올려지리

펄펄 뛰는 조기
염장질러 한 두름
그늘에 널었네

바닷바람에 깊은 맛 들면
굴비라는 이름표 달고
진짓상에 올려지는
꿈꾸고 있네

스낵과자와 종이컵

오렌지 맛
초콜릿 맛
고소한 아몬드 맛
스낵과자
네 사랑은 무슨 맛

속이 텅 비어
입안에 넣으면
녹아 없어지는 사랑

뜨겁게 포옹하고
자판기 커피 한 잔
버려진 종이컵
일회용 사랑

마성골 샘물

파릇파릇 물오른 버들가지
마성골 솟는 샘물에 연둣빛
물감을 풀어 놓았다

구슬같이 맑은 물 흘러서
기슭의 풀꽃을 깨우고
아침 햇살 금빛으로 반짝이네

새벽마다 내려오는 아기고라니
세수하다 들켜서 달음질치고
놀란 송사리 몸을 숨긴다

붕어도 자라도 선잠을 깨고
어정으로 고개 돌린 실개천 따라
졸졸졸 흘러가는 마성골 샘물

호박전을 부치며

– 그리운 아버지께

버스를 몇 번씩이나 갈아타시고
덜컹거리는 비포장길에 작은 딸네 집에 오셨지요
농사를 모르는 딸이 옥수수며 호박
토마토를 심어놓고 신기해 하는 것을 보시며
이 산골에서 어린 것들하고 고생이 많구나
하시며 눈물 글썽이셨지요
아침에 산새들 노랫소리에 잠이 깨고
마당가 샘터에 산꿩이 날아드는 것을 보시고
참 좋구나 하시던 아버지
애호박 따서 벽돌 두 장 걸쳐놓은 솥뚜껑에
호박전 부쳐 드렸더니
참 맛있구나 이렇게 맛난 음식은 처음이다
좋아하시던 아버지 모습 떠오릅니다
앞 여울에 어항 띄워 잡은 송사리로 보글보글
매운탕 끓이며 고기반찬 못해 드려 쩔쩔매는
모습 보시고 젊어 고생은 사서도 하느니라
시부모님께 효도하고 맏며느리는 건강해야 하느니라
동서간에 우애 있게 지내고 정직하고 성실하게
부지런하게 살면 복을 받는다
이 말 명심하거라 이르시던 아버지 말씀

지금도 귓가에 생생하게 들립니다
오래 머물다 가시래도 단칸방에 사위 눈치 보인다며
서둘러 서울 집으로 가신 아버지
버스 정류장까지 배웅하고 돌아온 이 딸은
행여 남편이 알세라 숨죽여 밤새 울었답니다
저 어릴 때 어머님 돌아가시고
엄마 몫까지 하시느라 유난히도 정을 쏟으시던
아버지!
그렇게 가시고는 다시 못 오셨지요
아버지 지금 오시면 방도 따로 내드리고
맛난 음식도 맘껏 해드리고 싶은데
그렇게 총총히 엄마 곁으로 가셨나요
오늘 호박전을 부치며 아버지가 그립습니다
하늘나라에서도 딸 걱정 많이 하시지요?
항상 제 사는 모습 아버지가 보고 계실 것 같아
아버지 딸 부끄럽지 않게 살려고 노력합니다
아버지가 제게 이르신 말씀
이젠 제 며느리한테도 가르치고요
그리고 저는 손녀를 셋이나 보았답니다
재롱이 아주 예뻐요

훗날 제가 아버지 곁에 가면
그동안 밀린 이야기 많이 해 드릴게요
보고 싶어요, 그리운 우리 아버지

순수서정의 빼어난 표현기교

— 김수자 제3시집《담쟁이가 보이는 방》의 시세계

홍 윤 기

일본 도쿄 센슈대학 대학원 국문학과 문학박사
국제뇌교육대학원대학교 국학과 석좌교수
한국문인협회 고문/ 국제PEN 한국본부 고문

김수자 시인의 세 번째 시집《담쟁이가 보이는 방》의 시
편들을 평설하기에 앞서 잠시 김수자 시인의 시업(詩業)과
관련한 필자와의 소중한 인연을 되새겨본다.

그러니까 2007년 어느 봄날인 듯싶은데 당시 용인에 정
착하여 활발하게 문단활동을 하던 김태호 시인의 문하에
'명륜문학회'라는 이름의 동인회가 있었고, 그 무렵 한국
외국어대학교 용인캠퍼스에서 '일본사회와 문화' 담당교
수로 재직하던 필자가 우연한 기회에 김태호 시인을 만나
'명륜문학회' 동인들을 상대로 시창작 특강을 하게 되었
다. 이날 10여 명의 동인들이 보여준 생기 넘치던 모습과

시창작에 관한 뜨거운 열의는 본인으로 하여금 이들에게 지속적으로 강의를 하게 만들었고, 무엇보다 서울 교대 인근에 있던 필자의 오피스텔에서 6개월 코스의 시창작반을 개설하는 계기도 되었다. 특히 조용하면서도 역사인식과 민족의식에 남다른 관심을 보였던 김수자 시인은 그 즈음 조선일보사가 주관하고 필자가 해설교수단의 일원이 되어 매분기마다 수년 동안 진행한 '일본 속 백제문화 찾기 문학기행'에 다섯 차례나 참여하여 써 모은 '백제시'가 6십여 편에 달해 2015년에 이 시들만 모아 제2시집《구다라의 향기》(한누리미디어 간)를 엮기도 하였다.

어쨌든 김수자 시인은 '명륜문학회'에서 김태호 시인의 지도를 성실하게 받아 시업을 쌓음으로써 그의 필력을 믿고 필자가 당시 편집고문으로서 '시창작특강'을 매주 연재하던 「독서신문」(2007년)에 추천하여 시인으로 등단하였다. 더욱이 2009년 봄에 창간한 『한국현대시문학』에는 편집위원으로 참여하여 2014년 가을에 휴간하기까지 6년 동안 작품 발표와 함께 편집 및 제작에 많은 도움을 주었기에 뒤늦게나마 고마웠다는 인사도 곁들여 둔다.

그리고 5년이 촌음처럼 지나가 버린 지금, 김수자 시인은 그간 '효(孝)'를 상징어로 내세우며 생업으로 운영해 온 음식점을 정리하고 거처도 조용한 곳으로 옮겼다는데 70대 후반의 연치에 요식업을 직접 운영한다는 것은 아무래도 체력적으로 감당하기가 매우 어려운 바 이제는 휴식을 취하면서, 또 명륜문학회 동인회장으로서 그 동안 지친 심신을 시창작으로 회복시키길 기대해 본다.

　서두가 다소 길어진 듯한데 첫시집《아지매 모셔 춤추다》(2010, 한누리미디어)와 두 번째 시집, 그리고 세 번째 시집마저 평설을 부탁해 온 김수자 시인의 변함없는 신뢰에 감복하면서 작품평설에 못지않은 책임감과 함께 모종의 두려움도 느껴 본다.

　아무튼 김수자 시인은 근래 남다른 필치로 엮어내는 뛰어난 서정미로써 우리 시단에서 높이 평가받고 있는데, 이번에 상재하는 시집《담쟁이가 보이는 방》에서는 민족의식을 동반한 겨레 얼을 승화시키는 시작(詩作) 솜씨를 내보이고 있을 뿐만 아니라 빛나는 서정화 작업으로 아름답게 조화시켜 독자들의 흉금을 잔잔하게 정화(精華)시키고 있다. 어쩌면 그의 시어는 부드러운 정감 속에서 이른바 삶의 균형적 의미를 메타포 처리기법으로 감칠맛 넘치게 구사하고 있는데 바로 이 시집의 표제시인 〈담쟁이가 보이는 방〉에서 그 아름다운 묘미를 제대로 표출하고 있는 듯하다.

　　　슬픔에 젖어 고개 떨구는 날엔
　　　작은 꽃이 자라는 화분을 산다
　　　새로 심은 작은 꽃에 희망을 걸고

　　　머리가 아픈 날엔 책을 고른다
　　　책 속에 명약이 있다는 말 믿어

등잔불 밝혀 책을 읽는다

진정, 바람 불고 외로운 날엔
혼자서 진흙으로 도자기를 빚어
슬픔과 아픔, 외로움을 모두 담는다

그녀의 방 창 너머엔 오늘도
담쟁이 넝쿨이 벽을 오르고 있다
아직도 이루지 못한 꿈, 꿈을 향해

- 〈담쟁이가 보이는 방〉 전문

　위 시 〈담쟁이가 보이는 방〉에서 김수자 시인이 내보이는 은유 기법, 즉 메타포 처리솜씨는 서정미를 한껏 발휘하여 삶 속에서 맞닥뜨리는 '슬픔'이나 '아픔'을 '희망'으로 전이시키고 있어 읽는 이를 감흥시킨다. "슬픔에 젖어 고개 떨구는 날엔/ 작은 꽃이 자라는 화분을" 사고 "머리가 아픈 날엔 책을 고"르며, "진정, 바람 불고 외로운 날엔/ 혼자서 진흙으로 도자기를 빚어/ 슬픔과 아픔, 외로움을 모두 담는다"는 화자. 더구나 그 정감은 일상의 삶 속에서 이루지 못한 꿈을 향해 결코 굴하지 않는 굳건한 의지를 담아내고 있는 것이 〈담쟁이가 보이는 방〉의 뛰어난 묘사법인 것이다. 이처럼 굳건한 삶의 의지는 〈그릇 닦이〉에서도 더욱 강렬하게 나타난다.

때 묻고 찌든 그릇을 닦는다
날마다 조금씩 싹싹 닦는다

오늘은 분노의 때를 닦고
어제는 미움의 때를 닦고
내일은 욕심의 때를 닦아야지

이렇게 날마다 묵은 때를 닦아내면
마음 속 도사린 때들이 다 벗겨지겠지

오늘도 내 마음 한 구석 자리잡은 때
그릇 때를 닦듯이 싹싹 힘주어 닦는다

– 〈그릇 닦기〉 전문

시인은 무엇 때문에 시를 쓰는가? 20세기의 저명한 문학 비평가였던 에즈라 파운드(Ezra Pound, 1885~1972)는 지적하기를 "위대한 문학이란 가능한한 최대한의 의미로써 충실한 언어다"라고 했는데, 김수자 시인의 〈그릇 닦기〉야말로 평범한 일상생활 속에서 한 개인이 늘 겪게 되는 '최대한의 의미로써 충실한 언어로 엮어져 있는 작품'이라 할 만하다. 어쩌면 '절차탁마'의 의지로 마음 속에 도사리고 있는 '분노의 때', '미움의 때', '욕심의 때'를 벗겨내고자 오늘도 "조금씩 싹싹" 힘주어 그릇을 닦는 모습이 아름답게 투영되어 있는 가편(佳篇)이다.

뾰족한 속잎이/ 쏘옥 나왔네요// 아직도 추운데/ 왜
벌써 나왔니// 하얀 눈 속에/ 겨울 지낸 복수초// 노란
꽃 뽐내며/ 환히 웃고 있네요

　　　　　　　　　　　　　　　　　　　　- 〈복수초〉 전문

　위 시 〈복수초〉는 인간의 생존상을 계절에 메타포한 작
품이다. 추운 겨울이라는 인생의 과정 속에서 그 생존의
아픔을 극복하는 봄꽃 '복수초'의 등장은 김수자 시인의
삶에의 눈부신 의지가 아름답게 피어난 모습이라고 보고
싶다. "아직도 추운데/ 왜 벌써 나왔니"(제2연)라는 풍자적
묘사는 시인의 독창성이 크게 고양되는 '기묘한 언어 미
학'을 감미롭게 드러내 줄 뿐만 아니라 희망은 늘 존재하
는 법, "겨울 지낸 복수초// 노란 꽃 뽐내며/ 환희 웃"으며
희망을 노래한다. 그야말로 고생 끝에는 복이 온다는 철리
에서 삶에의 희망을 웃음으로 전이시키는 뛰어난 언어미
학이 숨어 있는 수작(秀作)이라 하겠다.

　　　남백제초등학교에 가보세요
　　　아이들의 웃음소리
　　　재잘재잘 말하는 소리 백제 후손들 같아요
　　　일본에 가시거든 백제대교에 가보세요
　　　백제대교라는 철판이 박혀 있고
　　　아직도 강물은 흘러 출렁출렁
　　　백제인들 노랫가락처럼 흘러요
　　　백제역에서 기차를 타면

그 옛날 스이코여왕님이 사시던
왕궁에 닿을까요
백제버스정류장에서 버스를 타고 가면
백제옷 입은 사신들이
줄지어 서서 반겨줄 것 같아요
편지를 적어 백제우편국에서 부치면
스이코여왕님이 받아 보시겠죠

일본 속에 생생하게 살아 숨 쉬는 백제 옛 터전
오사카 한복판에 뚜렷합니다
일본에 가시거든
남백제초등학교에 가보세요
백제대교 백제역에도
두루두루 발길 멈추고 지켜보세요
백제가 지금도 거기 있답니다

－〈일본에 가시거든〉전문

　일본의 고대사를 논할 때, 특히 오사카(大阪) 지역을 두
고 말할 때 이곳이야말로 '백제인의 땅'이었다는 것을 누
구도 부정할 수 없다고 본다. 왜냐하면 일본 오사카는 고
대 백제의 유적지로서 이름부터가 백제(百濟, 구다라)를 요
소요소에 붙이고 있어 유적 자체가 백제의 유적임을 알릴
뿐만 아니라 문화적으로도 백제를 계승하고 있는 대표적
인 지역이다. 김수자 시인은 '일본의 한민족 역사문학 기

행'의 일원으로서 일본의 각 지역을 역사탐방하면서 각 지역의 두드러진 백제 유적과 문화의 양상을 뛰어나게 고증하고 있어 주목받아 왔다. 특히나 시 〈일본에 가시거든〉 전편에 걸쳐 '백제'라는 이름씨를 담은 고유의 유적을 나열하면서 '일본에 가시거든' 지금도 생생하게 살아 움직이고 있는 백제의 문화가 어떤 위상인가에 자긍심을 가지면서 꼭 챙겨보라고 권하고 있다.

성 안드레아병원엔
마음 여린 사람이 입원해 있다
아홉 살 적 육이오 때
폭격을 맞아 큰집이 불타는 것을 보고
배가 고파 중공군 시체를 뒤진 미숫가루로
허리 굽은 엄마와 동생들에게 먹였다

아군도 적군도 살피지 못해
총에 맞고 쓰러지는 사람들
아홉 살 소년은 무서움에 보리밭에 숨고
밤이 이슥해서야 집으로 돌아왔다
차디찬 보리밥 한 덩이를 숨겼다
주인집 장조카에게 먹이기도 하였다

이렇게 아픈 두려움을 가슴에 안고
굶주림에 떨던 소년은 어른이 된 뒤에도

그 슬픈 기억을 떨치지 못하고
밤마다 무서운 꿈속을 헤매며
병원까지 드나드는 처지가 되었다

지금도 우리 곁엔 육이오의 상처로
고통 받는 사람들이 숨죽이며 살고 있다
들리지 않는 신음소리를 내고 있다

– 〈육이오가 낸 상처 지금도 아프다〉 전문

　한민족의 가장 큰 아픔으로서 육이오 한국전쟁, 바로 그 동족상잔의 비극이 아닐 수 없다. 당대를 살아온 사람이라면 누구나가 겪어야 했던 육이오 한국전쟁의 비극은 한민족사에서 영원히 지울 수 없는 너무나도 큰 상처다. 그러기에 시인은 그 참담한 현실을 낱낱이 민족사 앞에 시문학으로 고발하고 있다. 노벨문학상 수상시인인 영국의 로렌스 듀렐(Lawrence Durrell, 1912~1990)의 말이 문득 떠오른다. 그는 "어떤 위대한 시라고 하더라도 그 시를 읽는 독자 자신의 가치 이상의 가치가 될 수 없다"고 하였는데, "지금도 우리 곁엔 육이오의 상처로/ 고통 받는 사람들이 숨죽이며 살고 있다/ 들리지 않는 신음소리를 내"면서 참으로 아프게 시절을 이겨 나가고 있음을 상기하며 그 아픔 이상의 가치를 담아 곱게 치유되기를 기원해 본다.

　이른 새벽 옷매무새도 단정히

하루를 여시는 할머니
하얀 쌀에 티라도 들어갈세라
정성스레 쌀 씻어 밥을 안치네

이 밥을 먹는 사람들 모두가
건강하시길 두 손 모아 빌며
모락모락 김나는 솥뚜껑 열어
소복소복 주발에 밥을 담는다

조물조물 시래기나물 무치고
새콤달콤 도라지나물 곁들여
차려낸 밥상 앞에 다가앉는 손님들
흐뭇한 마음으로 수저를 든다

'할머니 멸치무침 조금만 싸주세요
남편이 먹고 싶대요. 이 댁 음식 먹으며
건강을 회복중이랍니다'
사뭇 멋쩍어하는 손님 말에
기쁜 마음 하늘이라도 날 것 같네

어떤 때는 국 좀 포장해 주세요
울먹이며 청하는 아주머니
그새 밝아진 얼굴 보니
남편 병환이 나아졌나 보다
할머니의 얼굴에도 눈물이 핑 도네

혹시라도 음식을 남기시면
무엇이 잘못 되기라도 하였나
'음식이란 좋은 맘 정성이 제일이야'
예전 할머님 말씀 떠올리며 오늘도
정성스레 기도하며 밥 짓는 할머니
복 짓는 밥바라지에 여념이 없네

- 〈복 짓는 할머니〉 전문

　이 시 〈복 짓는 할머니〉는 김수자 시인 스스로가 용인시 중동에서 '효송가'라는 음식점을 운영하면서 손님에 대하는 각오와 함께 운영지침을 노래한 시인 듯싶다. 현재는 산수(傘壽)를 바라보는 연치라서 사업을 접고 휴식과 함께 건강관리하며 생활하고 있다는데 자신을 메타포한 할머니를 통해 생활화시킨 "정성스레 기도하며 밥 짓는" 일이야말로 최상의 "복 짓는 밥바라지"가 아니겠는가. 무엇보다 "이 댁 음식 먹으며/ 건강을 회복중이"라는 "사뭇 멋쩍어하는 손님 말에/ 기쁜 마음 하늘이라도 날 것 같"은 보람을 느끼면서 음식 만들기에 임해 온 김수자 시인의 인생여정은 참으로 아름다운 복을 지어 온 보람된 인생이라 말하고 싶다.

　봄이 오네
　봄이 오시네

연둣빛 치마 입고
진달래꽃님은 어디쯤 오셨을까
양지쪽 목련은 구름처럼 피었던데
벚꽃 나무는 이제 눈을 틔우니
바구니 사뿐 들고 봄맞이 가야겠네

민들레 노랑꽃 해맑게 방긋
꽃다지 냉이꽃도 봄바람에 살랑살랑
씀바귀 쇠스랑나물도 노랑꽃 피웠을까
바구니 사뿐 들고 봄맞이 가야겠네

나도야
노랑꽃 분홍꽃 머리에 꽂고
풀밭에 사뿐 앉으면
봄 나비가 되려나
바구니 사뿐 들고
봄맞이 가야겠네

- 〈바구니 사뿐 들고〉 전문

이 시 〈바구니 사뿐 들고〉를 읽노라면 참으로 가슴 설레는 아름다운 정경이 그려진다. "연둣빛 치마 입고/ 진달래꽃님은 어디쯤 오셨을까/ 양지쪽 목련은 구름처럼 피었던데/ 벚꽃 나무는 이제 눈을 틔우니/ 바구니 사뿐 들고 봄맞이 가야겠"다고 노래하는 김수자 시인의 품성에서 독자들

모두에게 꿈과 희망을 듬뿍 안겨주는 시정(詩情)이 넘쳐난
다. 특히 "바구니 사뿐 들고 봄맞이 가야겠네"를 반복적으
로 노래하면서 '민들레', '냉이', '씀바귀', '쇠스랑나물' 이
피워내는 '노랑꽃', '분홍꽃'에 자신을 환치시키는 메타모
포즈(metamorphose) 기법이 매우 능숙하게 다가온다. 사실
참다운 시는 인간의 삶의 가치를 정서적으로 윤택하게 빛
내주는 영양제가 될 텐데 바로 김수자 시인의 시적 감성어
가 독자들로 하여금 깊은 맛을 맘껏 음미하게 해 주는 것
같아 필자 또한 행복해지는 느낌이다.

> 나는 올라가야 한다
> 내 앞에는 높은 담벼락뿐,
> 두 손을 놓으면 곤두박질쳐
> 허리가 부러진다
> 손톱을 곧추세워
> 담벼락을 꽉 잡아야 한다
>
> 한여름 뙤약볕에
> 비 오듯 흐르는 땀방울도
> 손으로 닦을 수 없다
> "그래" 오르자
> 높은 담벼락 타고
> 꼭대기 오르면
> 두 팔 벌려 춤추어도 좋아

그곳엔 금빛 종탑이 있다
세계에 우뚝 선
김연아의 우아한 몸짓
승자의 환한 웃음도 있다

– 〈담쟁이 넝쿨〉 전문

그야말로 의지 넘치고 삶에의 의욕 넘치는 아름다운 풍
경이랄까. 참으로 척박한 환경 속에서 강인한 생명력으로
삶을 영위해 가는 아름다운 모습의 표상이라 지칭되는
'담쟁이 넝쿨'. "한여름 뙤약볕에/ 비 오듯 흐르는 땀방울
도/ 손으로 닦을 수 없"는 상황에 처해서도 그 아픈 현실을
극복하고 "꼭대기 오르면" "금빛 종탑이 있"고 "승자의 환
한 웃음도 있"음을 목격하게 된다. 김수자 시인의 시적 화
두가 고난 극복과 더불어 맞이하는 행복의 열매 바로 '고
진감래'에 깊이 천착함으로써 그만의 시적 묘미를 창출하
고 있는데 위의 시 〈담쟁이 넝쿨〉이야말로 바로 김수자 시
인의 서정을 그대로 대변해 주는 시가 아닌가 싶다.

나에게 불을 붙여주세요
온몸 태워 그대 바람
하늘에 올릴게요
아직도 눈꺼풀 가려
빛을 볼 수 없는 형제들

심장에 꽂히는 큐피트의 화살
그대 가슴 뜨거워지면
제 몸 태워 방울방울
떨어지는 눈물인 것을

나에게 불을 붙여 주세요
사랑의 작은 불씨
싸늘하게 식어 버린 그대 가슴
따뜻한 사랑으로 피어나게요
오롯이 하나 되는 사랑

– 〈사랑의 촛불〉 전문

 이 시 〈사랑의 촛불〉을 읽으면서 시인이란 새로운 노래
(서정시)를 창작하는 자랑스러운 예술인임을 새삼 실감하
게 된다. 오늘의 한국 시단의 시편들을 대하자면 이른바
'이야기'가 '노래' (詩) 대신에 범람하고 있어 적잖이 걱정
스럽던 차에 김수자 시인의 '리리시즘'으로서의 서정미
넘치는 시편들을 대하면서 새삼 반가운 마음 금할 길 없
다. 〈사랑의 촛불〉은 이렇다 할 테크닉(technic, 기교)을 구사
하고 있지 않은 것 같으면서도 이미 내재시키고 있는 뚜렷
한 기교적 콘텐츠가 고스란히 담겨 있다. 그것은 곧 현대
시의 시작법에 있어서 '기교 아닌 기교'라고 하는 고도의
표현 수법의 표출인데 김수자 시인이 갈고 닦은 재질 또한
여기에 포함된다. 무엇보다 〈사랑의 촛불〉에서는 '사랑'

을 제재로써 설정하고, "나에게 불을 붙여주세요/ 온몸 태워 그대 바람/ 하늘에 올릴게요/ 아직도 눈꺼풀 가려/ 빛을 볼 수 없는 형제들"(제1연)로 풀어가며 신체의 리듬 변화라는 다양한 시적 배리에이션(variation, 변주) 속에 "나에게 불을 붙여 주세요"라는 환상적 이미지의 동어 반복이 기교적으로 잘 다듬어진 상태에서 "사랑의 작은 불씨/ 싸늘하게 식어 버린 그대 가슴/ 따뜻한 사랑으로 피어나"도록 빼어나게 메타포 되어 있어 읽는 이에게 정서적 감흥을 한층 더 배가시켜 준다.

한여름 장대비 쏟아져도
목이 마르고
달디 달던 샘물
어디서 찾아볼까
덕지덕지 때 묻은 옷자락
갈피 뒤져 찾아보는 이 새벽
뚝 어디선가 맑은 물
떨어지는 소리
아—
내 맘 깊은 골짜기엔
아직도 어머님의 숨소리가
방울지어 흐르고 있었네

– 〈어머님의 샘〉 전문

손안의 슈퍼컴퓨터 스마트폰이 현대인들 모두의 손안에서 필수품으로 자리 잡은 첨단 고도산업화 시대의 스피디하고도 번잡한 사회적 페노메논(phenomenon, 현상)은 다시금 그 반대급부적 요청에 의하여 정서적으로 안정된 감각 상황을 적극적으로 수용하려 한다. 어쩌면 복고적 취향이 되살아나고 있다는 측면으로 이해할 수 있겠는데 다양성이 강조되는 첨단 과학시대에서의 시의 소재와 제재는 다양하기 마련이다. 그러기에 새로운 현대시의 다채로운 창작물이 등장하게 되는 기로에서 시인은 여러 가지 형태의 새로운 시창작법을 시도하게 된다. 위에서 예시한 〈어머님의 샘〉에서는 "뚝 어디선가 맑은 물/ 떨어지는 소리"에 마음 깊은 곳에서 아직도 잠재되어 있는 "어머님의 숨소리가/ 방울지어 흐르고 있"음을 표출하여 독자들의 가슴에 천성적으로 잠재되어 있는 모정을 되새기게 하는데 그 자체만으로도 〈어머님의 샘〉은 성공작이라 말하고 싶다.

맑은 물 샘솟는 이른 아침에
하늘에 반짝이는 샛별처럼
태어난 우리 아가

까만 눈동자는 생명을 불어넣는 혼
반짝이는 눈빛이 사랑을 말해 주네

마르지 않는 샘, 시들지 않는

꽃처럼 웃음을 주는 우리 아가

날마다 봄이거라, 꽃피는 봄이거라
옹알옹알 노래하며 봄바람을 일으키며

- 〈아가에게〉 전문

　부제를 '할머니의 기도'라 붙인 시 〈아가에게〉 전문이
다. "맑은 물 샘솟는 이른 아침에" 샛별처럼 태어난 손주
를 바라보며 벅찬 행복에 빠져 있는 할머니의 심상을 고스
란히 보여주는 작품이다. '까만 눈동자' 사랑을 말해 주
고, "마르지 않는 샘, 시들지 않는/ 꽃처럼 웃음을 주는"
'아가'로 하여 날마다 꽃피는 봄을 노래하게 된다. 그런데
인생은 봄만 있는 것이 아니고 겨울도 생각해 보게 되는
것. 여기서 문득 미국의 시인 롱펠로우(Henry Wadsworth
Longfellow, 1807~1882)가 〈인생예찬〉에서 "포근한 햇살이
곳곳에 퍼져 있는 어느 날에도 마음에서는 심한 빗줄기가
내릴 때가 있고, 따스한 사람들 틈에서 호흡하고 있는 순
간에도 심한 소외감을 느낄 때가 있으며, 행복만이 가득할
것 같은 특별한 날에도 홀로 지내며 소리 없이 울고 싶을
때가 있다"고 노래한 부분이 생각난다. 김수자 시인이 손
주에게서 참으로 생기 넘치는 봄 같은 향훈을 느낀 연후에
돌아가신 아버지를 생각하며 그리움에 젖어 읊은 〈호박전
을 부치며〉를 감상하면서 인생에서의 겨울도 담담하게 그
려 본다.

버스를 몇 번씩이나 갈아타시고
덜컹거리는 비포장길에 작은 딸네 집에 오셨지요
농사를 모르는 딸이 옥수수며 호박
토마토를 심어놓고 신기해 하는 것을 보시며
이 산골에서 어린 것들하고 고생이 많구나
하시며 눈물 글썽이셨지요
아침에 산새들 노랫소리에 잠이 깨고
마당가 샘터에 산꿩이 날아드는 것을 보시고
참 좋구나 하시던 아버지
애호박 따서 벽돌 두 장 걸쳐놓은 솥뚜껑에
호박전 부쳐 드렸더니
참 맛있구나 이렇게 맛난 음식은 처음이다
좋아하시던 아버지 모습 떠오릅니다
앞 여울에 어항 띄워 잡은 송사리로 보글보글
매운탕 끓이며 고기반찬 못해 드려 쩔쩔매는
모습 보시고 젊어 고생은 사서도 하느니라
시부모님께 효도하고 맏며느리는 건강해야 하느니라
동서간에 우애 있게 지내고 정직하고 성실하게
부지런하게 살면 복을 받는다
이 말 명심하거라 이르시던 아버지 말씀
지금도 귓가에 생생하게 들립니다
오래 머물다 가시래도 단칸방에 사위 눈치 보인다며
서둘러 서울 집으로 가신 아버지
버스 정류장까지 배웅하고 돌아온 이 딸은

행여 남편이 알세라 숨죽여 밤새 울었답니다
저 어릴 때 어머님 돌아가시고
엄마 몫까지 하시느라 유난히도 정을 쏟으시던
아버지!
그렇게 가시고는 다시 못 오셨지요
아버지 지금 오시면 방도 따로 내드리고
맛난 음식도 맘껏 해드리고 싶은데
그렇게 총총히 엄마 곁으로 가셨나요
오늘 호박전을 부치며 아버지가 그립습니다
하늘나라에서도 딸 걱정 많이 하시지요?
항상 제 사는 모습 아버지가 보고 계실 것 같아
아버지 딸 부끄럽지 않게 살려고 노력합니다
아버지가 제게 이르신 말씀
이젠 제 며느리한테도 가르치고요
그리고 저는 손녀를 셋이나 보았답니다
재롱이 아주 예뻐요
훗날 제가 아버지 곁에 가면
그동안 밀린 이야기 많이 해 드릴게요
보고 싶어요, 그리운 우리 아버지

- 〈호박전을 부치며〉 전문

'그리운 아버지께' 를 부제로 쓴 위의 시 〈호박전을 부치며〉를 읽으면서 아버지를 그리워하며 쓴 절절한 편지 한 통을 읽는 듯한 분위기에 빠져 본다. 바로 김수자 시인이

오랫동안 '효송가(孝松家)' 라는 간판을 내걸고 음식점을 경영한 속내가 그대로 배어나는 시 이미지인 것이다. 별다른 설명 없이 일구일절이 아버지를 그리워하며 생전의 모습을 회억해 보고 현실의 아름다움을 고하는 차분하면서도 예의 바른 김수자 시인을 재차 대변해 주는 시라 말하고 싶다.

　이상, 전반적으로 삶의 진실과 구도자적 미학을 추구하며 인간미 넘치는 김수자 시인의 시세계를 섭렵해 보았다. 결론은 발상이 순수하며 세련된 시어 탁마로 창작적 표현미를 더욱 아름답게 보여주었다는 것이다. 그야말로 역동적인 가편들이라 칭하고 싶은데 특별히 공감되는 것은 이 시편들의 내면세계에 강력하게 응집된 '개성'(personality)이 더욱 강고하게 표출되어 있다는 것이다. 개성미 넘치는 시는 시문학적인 견지에서 창작적 가치 그 이상을 구현하는데 그것은 시상(詩想)을 자신의 내부로 끌어들여 객관적으로 창작하여 발산하는 초자아의 시세계라 일컬어지는 것, 김수자 시인의 시가 더욱 알차게 평가받으리라 기대해 본다.
　더불어 김수자 시인에게 제3시집《담쟁이가 보이는 방》상재를 힘찬 박수와 함께 축하하며 앞으로의 끊임없는 건필을 기원한다.

담쟁이가 보이는 방

발행인 / 김영란
발행처 / **한누리미디어**
디자인 / 지선숙

08303, 서울시 구로구 구로중앙로18길 40, 2층(구로동)
전화 / (02)379-4514, 379-4519
Fax / (02)379-4516
E-mail/hannury2003@hanmail.net

신고번호 / 제 25100-2016-000025호
신고연월일 / 2016. 4. 11
등록일 / 1993. 11. 4

초판발행일 / 2019년 7월 10일

ⓒ 2019 김수자 Printed in KOREA

※저자와의 협약으로 인지는 생략합니다.

ISBN 978-89-7969-804-6 03810